Anfang und Ende des Kreises

Brigitte Welters

Anfang und Ende des Kreises

Bibliografische Information der Deutschen Nationalbibliothek:
Die Deutsche Nationalbibliothek verzeichnet diese Publikation in der
Deutschen Nationalbibliografie; detaillierte bibliografische Daten sind
im Internet über http://dnb.dnb.de abrufbar.

Verlag: BoD · Books on Demand GmbH, In de Tarpen 42,
22848 Norderstedt, bod@bod.de
Druck: Libri Plureos GmbH, Friedensallee 273, 22763 Hamburg

ISBN: 978-3-7693-2600-0

INHALT

Vorwort 9

Zufriedenheit 11

Der Kreis 12

Lebenssinn 17

Tauben, Frieden, Geist 18

Tod einer Taube 26

Sonne und Zeit 27

Weltkreislauf 31

Regenbogen und Fortschritt 32

Regenbogen und Klimawandel 37

Feuer und Wasser, Mut bis Heuchelei 39

Der trennende Sund 55

Staub 57

Vielfalt 60

Fische 62

Der große Fischzug 67

Alpha und Omega 69

Dankbarkeit bringt Zuversicht 80

Zusammenfassung 82

Zeit ist endlich 86

Ende und Anfang des Kreises 87

Notwendige Veränderung 91

Ausklang 92

VORWORT

Jeder kennt das Bild der Friedenstaube mit einem Zweig im Schnabel. Es geht auf die Sintflut-Geschichte zurück. Die von Noah ausgesandte Taube zeigte ihm an, dass das Wasser sank. So konnte er mit allen Tieren bald wieder an Land gehen. Nach der Taufe seines Sohnes im Jordan sandte Gott eine Taube als Zeichen des Heiligen Geistes.

Die Erde wurde schnell bewohnbar durch die Sonneneinwirkung. Gott wollte mit den Menschen Frieden schließen und gab Noah als Bundeszeichen einen Regenbogen.

Wasser und Feuer sind lebensnotwendig. Feuer bringt zudem Licht in die Dunkelheit. Feuerflammen sind wie die Taube ein Zeichen des Heiligen Geistes.

Der Fisch war Geheimzeichen der ersten Christen für ihr Bekenntnis zu Jesus Christus, dem Sohn Gottes.

Fische waren für Jesus und seine Zeitgenossen ein unverzichtbares Lebensmittel.

Die Liebe Gottes hat weder Anfang noch Ende. Gott ist Alpha und Omega.

ZUFRIEDENHEIT

Vergleichen macht nur unzufrieden.
Früher und heute sind grundverschieden.
Genieße stattdessen den Augenblick.
Was einmal war, kommt nicht zurück.

Scheint vieles jetzt auch schwer und hart,
wir können nur in der Gegenwart
leben, und das nur mit Dankbarkeit
für alles in der Vergangenheit.

Ich bin zufrieden, nicht mit der Welt,
an der mir vieles nicht gefällt,
aber mit meinem Leben.
Das hat mir Gott gegeben.

Er hat mich immer gut geführt,
habe ich es auch nicht gespürt.
Er lässt mich nie allein.
Darum kann ich zufrieden sein.

DER KREIS

Jeder Kreis ist unterschiedlich groß und wo immer man seinen Anfang sieht, ist es gleichzeitig das Ende. Da die Welt dreidimensional ist, muss man sich den Weltkreis als Kugel vorstellen, bestehend aus unendlich vielen Kreisen. Jeder Punkt hat ein Gegenüber, aber Anfang und Ende sind dasselbe. Sowohl im Kreis als auch auf der Kugel geht es zuerst immer bergauf, ab der Mitte nur noch bergab. Wichtig ist der Mittelpunkt, auch für den Lebenskreis. Er beginnt mit der Geburt und endet mit dem Tod.

Häufig dreht sich eine Hälfte des Lebenskreises um. Er wird zu zwei kleineren miteinander verbundenen Kreisen, also zu einer Acht. Das bedeutet Neuanfang. Der erste Arbeitstag der ersten Menschen war der achte Schöpfungstag. Am siebten Tag fand Gott, seine Schöpfung sei sehr gut gelungen, und er erklärte ihn als Ruhetag für alle und alle Zeit. Früher sagte man als Ablauf einer Wochenfrist „in acht Tagen".

Nach der Sintflut begann das Leben auf der Erde mit acht Menschen neu.

Liegen die beiden Kreise der Acht nebeneinander, bedeutet dies unendlich. Es verweist auf die Ewigkeit wie das Kreuz, das wir als Zeichen des Todes verwenden. Es verbindet die Zeit mit der Ewigkeit, dem unendlichen Kreis, in dem alle anderen Kreise aufgehen wie in der Kugel. Im Kreis heben sich alle Gegensätze auf, je näher sie sich kommen. Der schlimmste Hass und die größte Liebe verschmelzen. Auf der anderen Seite des Kreises im Gegenüber werden sie zur Gleichgültigkeit. Allumfassend und gleichbleibend ist nur der Kreis der Liebe Gottes. Das Wichtigste im Kreis ist sein Mittelpunkt, von dem alles denselben Abstand hat.

Das gilt nicht für Kreise im übertragenen Sinne. Bei abgegrenzten Gebieten. Menschengruppen, Freundes- oder Kollegenkreisen kommt es nicht auf den Mittelpunkt, sondern die Abgrenzung an.

Zu Jesu engstem Freundeskreis gehörten 12 Männer. Sie standen symbolisch für die Stammväter der 12 Stämme des Volkes Israel und sollen später in der

Ewigkeit mit Jesus gemeinsam das auserwählte Volk richten. Es war damit keineswegs gesagt, dass das Patriarchat göttlich ist.

Für Jesus war selbstverständlich, alle Menschen sind unterschiedlich, aber alle sind gleichwertig. So offenbarte er sich als Messias zuerst einer Ausländerin, die wegen ihres Lebenswandels sogar im eigenen Volk verachtet wurde. Das widersprach der damaligen Denkweise und auch seine Jünger verstanden es nicht. Jesus lebte ihnen Gleichberechtigung vor. Für Gott hat das Geschlecht nur Bedeutung für die Fortpflanzung, für sonst gar nichts.

Zu seinen Jüngern insgesamt gehörten ebenso Frauen wie Männer. Namentlich genannt werden sieben Frauen. Maria Kleopas, Salome Zebedäus und Johanna Chusa waren verheiratet. Von Susanna weiss man es nicht. Die Schwestern Maria und Martha aus Bethanien waren ledig, ebenso Maria Magdalena. Sie dürften die frohe Botschaft später ebenso verkündet haben, wie die Männer, die sich Apostel nannten.

Die männlichen Verfasser der Heiligen Schriften hätten sie vermutlich gar nicht erwähnt. Doch es waren ausgerechnet Frauen, denen sich Jesus nach seiner Auferstehung zuerst offenbarte, während sich seine Jünger voller Angst versteckt hatten.

Die symbolische Bedeutung der Vollzahl Sieben ist, zu Jesu Anhängern sind alle Menschen berufen, nicht nur die Männer des ursprünglich auserwählten Volkes Gottes. Entscheidend ist der Eintritt in den ewigen Bund durch Glauben.

Leider sahen die späteren Kirchenmänner es anders und wollten keine weibliche Konkurrenz. Weltweit mussten Frauen bis heute auch bei den Christen wie in allen Religionen in den Hintergrund treten. Gott verhinderte es nicht, doch sein Wort bleibt bestehen. Seine Liebe gilt allen, die die Erlösung durch Jesus Christus für sich in Anspruch nehmen.

Der ewige Bund Gottes mit seinen Menschenkindern wurde durch Jesus Christus verbindlich mit seinem Blut besiegelt. Jeder Mensch sollte die Wende seines Lebenskreises zum Neuanfang also nutzen, um in die Ewigkeit zu gelangen. Die Möglichkeit, die Entscheidung Gottes im Glauben anzunehmen, besteht während des ganzen Lebens. Danach gibt es keine

Verbindung mehr zwischen der sichtbaren und der unsichtbaren Welt.

LEBENSSINN

Es läuft die Zeit. Sie fliegt dahin.
Wo liegt da der Lebenssinn?
Es eilt der Mensch, jedoch sein Pfad
viel zu schnell dem Ende naht.

Stoppschilder hat man in den Jahren
sicher mehrmals überfahren
und den Abzweig übersehen,
auf dem man besser konnte gehen.

Plötzlich wird dir glühend heiß.
Es schließt sich bald dein Lebenskreis.
Zeit man nicht aufhalten kann.
Hast alle Chancen du vertan?

Nein, denke an die liegende Acht
und zieh die Wende in Betracht.
Gott hält am Kreuz seine Hand dir hin.
Dort findest du deinen Lebenssinn.

TAUBEN, FRIEDEN, GEIST

Manchmal höre ich sie rufen.
Min Fru, min Fru!
Wat nu? Wat nu?
Hör zu, hör zu!

Unterhalten sie sich, meinen sie mich? Wollen sie
etwas mitteilen wie im Märchen? „Rucke di gu."
Vor längerer Zeit beobachtete ich Tauben im Gar-
ten und notierte es in folgenden Zeilen:

Lange saß sie auf einem trockenen Ast.
Ihr Kehlkopf zitterte stark.
Ab und zu putzte sie ihr Gefieder.
Dann erhob sie sich,
flog mit klatschenden Flügeln aufs Dach.
Wonach hielt sie dort Ausschau?
Schon bald war sie wieder da
und setzte sich auf denselben Ast
des Kirschbaums.

Zwei Tauben auf dem Rasen
schritten aufeinander zu,
hüpften umeinander,
flatterten auf und ab.
War das ein Tanz,
Werbung oder Kampfvorbereitung?
Sie griffen sich nicht an,
berührten einander nicht.
Schließlich flog eine fort.
Die andere sah ihr nach,
fast versonnen,
bis auch sie sich in die Lüfte erhob.

Es regnete. Auf dem Rasen lag eine Taube,
einen Flügel hatte sie abgespreizt.
Ein Stück weiter dasselbe Bild.
Was war passiert? Wurden sie erschlagen?

Starker Regen prasselte auf ihre Körper.
Plötzlich drehten sich beide um
und spreizten den andern Flügel ab.
Sie betrieben Körperpflege im Regen.
Als der Regen nachließ,
erhoben sich beide,
schüttelten sich kräftig

und flogen davon.

Tauben sieht man überall. In der Stadt sind sie meist nicht beliebt. Sie verunreinigen die Straßen und auch die Gebäude. Ihr Kot ist aggressiv. Es gibt viele Arten. Die Wandertauben sollen ausgestorben sein, weil sie besonders gut schmeckten. Ich kann mich an Haustauben erinnern, die früher zum Verzehr gehalten wurden, weil ihr Fleisch und die daraus gekochte Suppe besonders gesund sein sollte.

Brieftauben dienen dem Wettkampf. Ihre Züchter wollen mit ihnen Geld verdienen. Es geht um ihre Fluggeschwindigkeit, aber auch um Schönheit. Sie erreichen eine Geschwindigkeit von einem Kilometer in einer Minute, können tausend Kilometer weit fliegen und finden wieder zurück. Deshalb wurden sie früher auf Schiffen mitgenommen und in Kriegen eingesetzt, um Nachrichten in die Heimat zurückzubringen. Im zweiten Weltkrieg dienten sie der Spionage.

Tauben gelten als Seelenvögel und Sinnbild für Eintracht, Gattenliebe, Treue, Fruchtbarkeit, aber auch Trauer. Im Hohelied stehen sie für Zärtlichkeit. Die

Braut wird makellose Taube genannt. König David besang Tauben in seinen Psalmen. Die vor Krieg und Hungersnot flüchtenden Israeliten verbargen sich bei den Felsentauben im Gebirge.

Jeder kennt Tauben als Symbol für Frieden meist mit einem grünen Zweig der Hoffnung im Schnabel. Das geht zurück auf die Sintflutgeschichte. Eine von Noah ausgesandte Taube brachte ihm einen Zweig als Zeichen, dass das Wasser zurück ging.

Frieden ist eine Frucht der Gerechtigkeit, die der Mensch durch eigene Schuld und Entscheidung verloren hat. Das änderte die Sintflut leider nicht. Doch Gott schloss einen Bund mit Noah, dass er die Welt nicht vor Ablauf der Zeit zerstören werde. Er hat Gedanken des Friedens für seine Geschöpfe. Sein Reich ist Gerechtigkeit und Frieden.

Um seinen Frieden auf die Erde zu bringen, kam Gott selbst herab. In aller Niedrigkeit wurde er als Kind in einem Stall geboren. Maria und Josef brachten dem Brauch entsprechend für ihren Erstgeborenen Tauben als Dankopfer. Als Jesus sich später von

Johannes im Jordan taufen ließ, erschien anschließend eine Taube als Zeichen des Heiligen Geistes.

Jesus nannte Tauben arglos und empfahl seinen Jüngern, den Menschen so entgegenzutreten, aber gleichzeitig klug wie Schlangen zu handeln. In der Kirche gilt die Taube als Zeichen des Heiligen Geistes, der uns von Gott gegeben wurde, um uns auf rechten Wegen zu führen.

Als Jesus in die unsichtbare Welt zurückkehrte, hinterließ er seinen Freunden seinen göttlichen Frieden und den Heiligen Geist. Christen sollen Friedensbringer für alle Menschen sein. Deshalb sagten und schrieben es die Apostel immer wieder: Der Gott des Friedens heilige euch, bewahre eure Herzen, gebe euch viel Gnade und sei mit euch allen. Auch die Offenbarung des Johannes beginnt mit dem Friedensgruß von dem, der ist, der war und der sein wird.

Den Frieden mit Gott durch unseren Herrn Jesus Christus sprechen sich Christen immer wieder zu. Einigkeit im Geist und das Band des Friedens sollen alle verbinden. Leider sind wir davon noch sehr weit entfernt.

Tauben sitzen gern auf Bäumen. Wir sollen wie ein tief verwurzelter Baum am frischen Wasser viele gute Früchte bringen. Dazu gehören Ausdauer, Bescheidenheit, Demut, Erbarmen, Freude, Freundlichkeit, Friede, Geduld, Glaube, Güte, Liebe, Milde, Sanftmut, Selbstbeherrschung, Vergebung, Vertrauen und ähnlich positive Eigenschaften. Wir finden es in der Bibel erläutert.

Liebe und Vergebung sind die wichtigsten Geistesgaben. Sie sind unsere Lebensgrundlage. Zwar ist Liebe grenzenlos, doch sie wird ausgebremst durch mangelnde Vergebungsbereitschaft. Niemand kann Gott anbeten mit Groll im Herzen gegen einen Mitmenschen. Man darf natürlich zornig sein, doch vor Sonnenuntergang sollte die Angelegenheit bereinigt werden. Wer irgendwem irgendetwas nicht vergeben kann, dem kann auch Gott nicht vergeben.

Vergebungsunfähigkeit schadet nicht dem Übeltäter, sondern belastet lebenslang das Herz des Verletzten und macht krank. Deshalb sagte Gott, er vergibt, wie wir vergeben. Ohne Gottes Vergebung kann niemand als Christ leben. Wer die Gerechtigkeit des Gottessohnes angezogen hat, lebt aus der Gnade Gottes, die niemandem nachträgt, was vorher Unrechtes geschah. Er lebt als Christ. Gottes Liebe ist ein völlig neuer Anfang. Wer davon abweicht, fällt zurück in die Gottesferne. Am Anfang war das Wort. Jeder muss immer bereit sein, mit jedem zu sprechen. Nur so klärt man Missverständnisse auf und vermittelt die Bereitschaft zum friedlichen Miteinander.

Die Bibel wird Wort Gottes genannt. Sie besteht aus **66** Büchern, geschrieben von sehr unterschiedlichen Menschen in einem Zeitraum von viel mehr als tausend Jahren. **39** waren vor Christi Geburt anerkannt, **27** wurden danach verfasst. Sowohl jede einzelne Schrift als auch die Zusammenfassung zu einem Gesamtwerk wurde von Gott beeinflusst und bestätigt. Die Bibel kann deshalb heilig und vollkommen genannt werden.

Bemerkenswert ist, dass in allen drei Zahlen die Drei überwiegt, die Heilige Dreifaltigkeit. In der Gesamtheit 2 x 33, im Alten Testament 30 + 3 x 3, im Neuen

Testament 3 x 3 x 3. Die Zahl zwei verweist auf Jesus Christus, wahrer Mensch und wahrer Gott. Die Null bedeutet Vervielfachung.

Gottes Wort gilt allen Menschen und als Botin und Zeichen seines Geistes wählte er die Taube. Warum? Sie ist zielstrebig und geduldig und hat vermutlich eine besondere Wahrnehmungsfähigkeit.

Kürzlich beobachtete ich mal wieder eine. Sie saß sehr lange ganz ruhig auf einem Ast. Ab und zu sah sie sich nach allen Seiten um. Es geschah nichts. Schließlich wurde sie ungeduldig, schaute hektisch in alle Richtungen ... doch dann wartete sie weiter. Einige Zeit später traf sie jedoch eine Entscheidung. Sie flog höher in den Baum hinein und setzte sich dort. Ich konnte sie kaum noch sehen. Sie hatte vermutlich einen guten Weitblick. Ich hatte weder Zeit noch Lust, sie weiter zu beobachten. Ob ihr Warten belohnt wurde?

TOD EINER TAUBE

Es lockte die Ferne. Sie flog hinaus.
Ein spiegelndes Fenster hatte das Haus.
Die Scheibe war hart. Ihr Kopf sie traf
und knickte ab. Ihr Schnabel war scharf.

So traf er ihr Herz.
Sie fühlte den Schmerz
und fiel tot herab
ins Rosenbeet, in ihr Grab.

SONNE UND ZEIT

Die Sonne ist der Mittelpunkt unserer Galaxie, um die sich nicht nur unsere Erde dreht. Sonne, Mond und Sterne bestimmen den Ablauf unserer irdischen Zeit. Wärme und Licht der Sonne sind Grundbedingungen allen Lebens. Deshalb wurde die Sonne von allen Völkern unter verschiedenen Namen als Gottheit verehrt.

Für eine Umdrehung um die eigene Achse braucht die Erde 24 Stunden, also einen Tag, für die Umkreisung der Sonne ein Jahr. Wir erleben die Zeit wie einen dahinfließenden Strom. Die Gegenwart ist nur ein Augenblick im Verhältnis zur Vergangenheit und zur Zukunft. Morgen ist heute gestern. Manchmal scheint sich das Heute auszudehnen und die Zeit verrinnt ganz langsam. Dann rast sie plötzlich schnell vorbei. Doch jeder Tag hat einschließlich der Nacht immer und für jeden 24 Stunden. Es ist das Gefühl, das die Länge der Zeit relativiert.

Der Längenunterschied zwischen Tag und Nacht ist abhängig vom Sonnenstand. Er ändert sich, weil die Rotationsachse nicht senkrecht zur Sonne steht. Dadurch entstehen die Jahreszeiten. Dicht am Äquator und an den Polen kennt man sie nicht.

Der Frühling beginnt mit der Tag-und-Nachtgleiche im März. Dann folgt der Sommer mit dem Sonnenhöchststand und dem längsten Tag im Juni. Nach der nächsten Tag-und-Nachtgleiche im September fängt der Herbst an und den kürzesten Tag gibt es im Dezember, zu Christi Geburt. Das Fest wurde auf diesen Tag gelegt, weil Gott das Licht der Welt ist und die Tage nach Weihnachten wieder länger werden.

Die Jahreszeiten sind wichtig für die Vielfalt des Lebens. Der Frühling ist Aufbruch neuen Werdens, der Sommer schenkt Wachstum und Reife. Im Herbst ist Erntezeit und im Winter tritt Ruhe ein in der Natur. Der Mensch legte Zeitpunkte und Zeiträume fest, um Fristen und Termine bestimmen zu können, und reihte Zeitabschnitte aneinander zu Zeitaltern. In diese feste Struktur soll sich alles einordnen. Unsere Lebenszeit liegt in Gottes Hand. Den Geburtstermin eines Kindes kann man ein wenig beeinflussen und auch bestimmen, sich selbst vor der Zeit zu töten. Besser ist es, daran zu glauben, dass Gott uns kennt und einen guten Plan für unser Leben hat. Wir wissen nicht, warum der eine schon in jungen Jahren, der andere erst in hohem Alter gehen muss. *Alles hat seine Zeit*, wusste König Salomo. *Es geschieht nichts Neues unter der Sonne.* Es ist immer so gewesen.

Über das Ende der Zeit sagte Jesus, die Sonne werde sich verfinstern und der Mond nicht mehr scheinen. Alle Kräfte des Himmels würden erschüttert und die Sterne herabfallen. Dann werde er mit Macht und Herrlichkeit wieder erscheinen. Als er starb, verfinsterte sich die Sonne und im Tempel zerriss der Vorhang vor dem Allerheiligsten durch ein kurzes Erdbeben, das auch Gräber öffnete. Damit setzte Gott sein Amen unter die Voraussage. Eine neue Zeit war angebrochen.

In seiner Vision sah Johannes später, wie die Sonne schwarz wurde wie ein Trauergewand und der Mond rot wie Blut. Die Sterne fielen herab und der Himmel verschwand wie eine Buchrolle. Am Ende erschien die neue Stadt. Sie braucht weder Sonne noch Mond. Ihr Licht ist die Herrlichkeit Gottes und die Geretteten leuchten selbst wie die Sonne. Die Weltzeit ist abgelaufen und in die Ewigkeit einge-flossen. Alles Sichtbare ist untergegangen.

Wieviel Millionen oder Milliarden Jahre schon vergingen und wieviel Zeit uns noch bleibt, ist Spe-kulation. Für die Planung unseres Lebens sollte es unwichtig sein. Wir sollten aber bedenken, dass wir in dieser Welt nicht unsterblich sind. Noch ist Gna-denzeit und es gilt: Nutze die Zeit und das Licht der Sonne!

WELTKREISLAUF

Der Mittelpunkt unserer kleinen Welt
ist die Sonne am großen Sternenzelt
um sie sich unsere Erde dreht.
In dieser Zeit ein Jahr vergeht.

Jeden Tag kreist unsere Erde
um sich selbst, damit es werde
dunkel nach der Helligkeit.
Die Nacht dient uns als Ruhezeit.

Sterne auch den Weg uns weisen,
doch so hoch sie uns umkreisen,
so klein sind wir auf unserem Feld.
Wir sind nicht Beherrscher der Welt.

REGENBOGEN UND FORTSCHRITT

Der Regenbogen gilt als Zeichen der Vielfalt auf vielen Gebieten. Auch die Queer-Bewegung hat ihn für sich entdeckt. Es ist allerdings falsch, ihn als Zeichen der Ab- oder Ausgrenzung zu sehen. Er soll alle zusammenfassen. Alle Farben im Regenbogen sind gleichwertig und bilden nur gemeinsam dies Zeichen Gottes.

Ursprünglich war es das Bundeszeichen zwischen Gott und Noah. Nach dem Ende der Sintflut begann Noah mit seinen Söhnen die Erde wieder zu bebauen. Die acht geretteten Menschen dankten Gott für ihre Bewahrung und Gott segnete Noah und seine Nachkommen. Er schloss einen Bund mit allen Lebewesen auf der Erde, dass es nie wieder eine alles zerstörende Flut geben solle. Als sichtbares Zeichen ließ er einen Regenbogen erscheinen. Meist sehen wir ihn als Halbkreis. Er weist uns auf Gottes Plan hin und seine Treue. Als dem Seher Johannes die Endzeit offenbart wurde und er einen Blick in den

Himmel tun durfte, sah er über dem Thron Gottes einen Regenbogen.

Gott hatte das Lebensalter der Menschen auf 120 Jahre begrenzt. Als er beschloss, die von ihm abgefallene Menschheit auszurotten und nur den frommen Noah mit seiner Familie zu retten, setzte er diese Altersbeschränkung aus. Er weihte ihn in seine Pläne ein und es war abzusehen, dass die Ausführung sehr lange dauern würde.

Noah musste sich mit seinen Söhnen allein um alles kümmern und den Plan zum guten Ende führen. Nebenbei mussten sie für ihren eigenen Unterhalt arbeiten. Hilfskräfte konnten nicht hinzugezogen werden. Von ihren Mitmenschen erfuhren sie nur Spott wegen dieses unsinnigen Vorhabens.

Für den großen Kasten wurde sehr viel Holz gebraucht, das sie erst in den Wäldern schlagen, zum Bauplatz bringen und zu Bauholz verarbeiten mussten. Die Arche musste auch wasserdicht sein und der Innenausbau für einen langen Aufenthalt von Menschen und Tieren geeignet. Genügend Vorräte für alle mussten auch untergebracht werden.

Heutige Fachleute schätzen, dass die gesamte Baumaßnahme mindestens hundert Jahre dauerte, vermutlich aber sehr viel länger. Für Gott spielt Zeit keine Rolle. Als Herr über die Zeit passte er das Lebensalter der Menschen den neuen Tatsachen an. Aus Platzgründen in der Arche durfte Noahs Familie nicht wachsen. Seine Söhne blieben kinderlos. Nach der Sintflut musste die Erde aber erneut bevölkert werden. Wie seinerzeit zu Adam und Eva sprach Gott nun zu ihnen: *Seid fruchtbar und mehret euch. Füllt die ganze Erde.* Noah lebte danach noch 350 Jahre und starb im Alter von 950 Jahren.

Das Lebensalter nahm im Laufe der nächsten Jahrhunderte wieder stark ab. Abraham wurde nur noch 175 Jahre alt, Isaak 180, Jakob 147 und Josef 110. Mose sieht in seinem Gebet, das als Psalm 90 überliefert ist, als normales Lebensalter siebzig Jahre, höchstens achtzig. Er vergleicht die Zeit Gottes mit der der Menschen. Für Gott sind tausend Jahre wie ein Tag. Der Mensch ist wie Gras, das morgens noch grünt und abends abgeschnitten wird. Er schrieb dies wohl, bevor Gott ihn berief, sein Volk aus Ägypten zu führen; denn da war er schon achtzig Jahre alt und sollte noch vierzig Jahre das Volk durch die Wüste begleiten. Er starb mit 120 Jahren, der von Gott gesetzten Höchstgrenze. Heute wird diese nicht mehr erreicht. Hundert gilt schon als sehr hohes Alter.

Die Menschheit entwickelte sich nach der Sintflut nicht anders als vorher. Jeder Fortschritt führte weiter fort vom Glauben an den einzigen Gott. Es ist eigentlich schon in diesem Wort angelegt, wenn es auch kaum jemand so sieht.

Fortschritt – Stillstand – Rückschritt. Wie oft erfolgten diese Schritte schon, seit der Mensch von Gott fort schritt. Fortschritt soll besagen, dass mit der Zeit alles besser wird. Er wird der natürlichen Entwicklung zugeschrieben. Sie beginnt beim Menschen mit der Geburt und führt ihn durch Kindheit und Jugendzeit zum Erwachsenenalter. Dieses würde der Mensch gern aufhalten. Alle wollen lange leben, aber nicht alt werden. Das ist unmöglich. Der Lebenskreislauf erreicht bei jedem den Punkt, von dem es bergab geht bis sich der Kreis im Tod schließt.

Der Fortschritt auf jedem Gebiet ist von Menschen abhängig, die vernunftgemäß handeln, sich aber nicht in den Mittelpunkt stellen. Es gibt immer wieder Stillstand oder Rückschritt, um das Tempo bis zum Ende zu verlangsamen. Die jeweiligen Ursachen sind verschieden. Ein ewiger Fortschritt ist im Kreislauf des Lebens nicht möglich. Auch der einzelne Mensch braucht Ruhezeiten.

Echter Fortschritt müsste das Leben aller in gleichem Maße verbessern. Die soziale Ungleichheit hat im Laufe der Zeit aber eher zugenommen. Industrie und Technik mit dem Ziel des Reichtums für Wenige hat immer Vorrang, wodurch die Armut der Mehrheit steigt. Die Globalisierung hat daran nichts geändert. Hat es früher lange Ruhepausen für alle gegeben, liegt heute im Stillstand vielfach ein Rückschritt. Für das menschliche Leben sind Ruhepausen jedoch unverzichtbar. Kriege hingegen führen zu Rückschritt und Neuanfang der Überlebenden, wenn es welche gibt.

REGENBOGEN UND KLIMAWANDEL

In sattem Gelb die Ähren wogen.
Regenwolken sind aufgezogen.
Das Wasser steigt auf allen Wegen.
Gott entzog seinen Menschen den Segen.

Einst beschloss er im Heiligen Zorn:
Wir beginnen nochmal von vorn.
Als Zeichen, dass er den Menschen gewogen,
setzte er an den Himmel den Regenbogen.

Nun fliegt der Mensch ins All hinaus
und forscht die Gestirne aus,
hält sich für den allmächtigen Herrn
und vergisst seinen eigenen Stern.

Früher gab es allgemein
warme Sommer mit Sonnenschein,
saftiges Grün, reichen Erntesegen,
weil es zur rechten Zeit gab Regen.

Nun nehmen Naturkatastrophen zu.
Weltweit kommt man nicht zur Ruh.
Heiß brennt die Sonne, ihre Glut
zerstört wie Sturm und Wassersflut.

Betroffen sind Menschen der ganzen Welt.
Wer kann, schickt Hilfe, spendet Geld.
Jedoch die Entwicklung niemand versteht.
Wer hat an welcher Uhr gedreht?

Mancher erkennt nun völlig entsetzt:
Wir haben unsere Basis verletzt.
Hatten wir nicht alles im Griff?
Wo ist unser Rettungsschiff?

Noch sieht man zuweilen den Regenbogen,
wenn ein Regen abgezogen.
Als Brücke zu einer anderen Welt
spannt er sich über das Ährenfeld.

Doch will jemand die Wahrheit hören?
Gott will diese Welt nicht zerstören.
Der Mensch in seiner Selbstherrlichkeit
ist für Gott nicht bereit.

FEUER UND WASSER, MUT BIS HEUCHELEI

Feuer und Wasser sind unsere Lebensgrundlage und gleichzeitig gegensätzlich. Ohne Wasser und den Feuerball Sonne wäre die Erde nicht, was sie ist: einmalig im All. Wasser muss dem Körper immer wieder zugeführt werden, weil er überwiegend daraus besteht. Feuer spendet Wärme und Licht, um bei kälteren Temperaturen die Wohnungen zu heizen und in der Dunkelheit zu erhellen. Wir brauchen Feuer und Wasser zur Zubereitung unserer Nahrung und Wasser dient auch zur Reinigung. Unbewachtes Feuer ist gefährlich und wer im Wasser versinkt ertrinkt. Feuer lässt Wasser verdampfen und Wasser löscht ein Feuer aus.

In Ausnahmefällen kann man einen Waldbrand auch mit einem Gegenfeuer bekämpfen, wenn der Wind günstig steht und man weit genug entfernt einen Seitenstreifen anzünden kann. Damit soll dem

Waldbrand die Nahrung entzogen und das Überspringen auf andere Flächen verhindert werden.

Die Bibel spricht von lebendigem Wasser, das aus der Ewigkeit sprudelt und in uns zu einer überströmenden Quelle werden soll. Ähnliches gilt auch für das Feuer, das in uns brennt. Gott ist ein verzehrendes Feuer und wohnt im ewigen Licht seiner Heiligkeit. Von Anfang an hatte er aber ein Verlangen nach Partnerschaft mit ihm ähnlichen Geschöpfen. Ihnen will er in Liebe nahe sein.

Die Menschen wendeten sich aber von ihm ab und gehen lieber ihre eigenen Wege. Der Apostel Petrus verweist die ungläubigen Spötter darauf, dass die Erde am Anfang überflutet war und Gott sie vom Wasser trennte. Durch die Sintflut wurde später zwar vieles auf ihr zerstört, doch die Erde selbst hatte Bestand und konnte neu besiedelt werden. Im letzten Gericht wird sie jedoch endgültig durch Feuer zerstört.

Aus meiner Kindheit kenne ich das offene Herdfeuer und Öfen, in denen Holz oder Kohle, später auch Gas, verbrannt wurden. Während des Kriegs hatten wir noch Petroleumlampen. Die Flamme wurde durch einen Zylinder aus Glas geschützt. Wäre die Lampe brennend umgefallen, hätte sie in der Wohnung ein Schadenfeuer anrichten können, wie es zuweilen durch Christbaumkerzen entsteht. Offenes Feuer muss gut bewacht werden. Es kann ebenso wie plötzlich hereinbrechende Wasserfluten alles zerstören. Es ist tragisch für Mensch und Vieh, wenn sie auf diese Weise ihre Unterkunft oder gar das Leben verlieren, was leider häufig vorkommt. Die Schäden von Waldbränden sind zudem eine Umweltkatastrophe.

Das Nutzfeuer wurde inzwischen überwiegend durch Elektrizität ersetzt und die Öfen in den Wohnungen durch Zentralheizung. Doch hierfür werden ebenfalls fossile Brennstoffe gebraucht, die knapp werden. Auch Holz wächst nicht schnell genug nach. Der Stromverbrauch steigt, da für die Computertechnik und Digitalisierung sehr viel gebraucht wird. Außerdem soll der Straßenverkehr elektrifiziert werden.

Es mussten also neue Energiequellen gefunden werden. Schon vor Jahrhunderten wurden Mühlen durch Wind und Wasser angetrieben. Um größere Mengen Strom zu erzeugen, müssen die Windräder aber sehr viel größer sein. Das stößt zum Teil auf Widerstand in der Bevölkerung und beim Naturschutz. Auch die Sonne verfügt über enorme Energien, die man anzapfen kann. Sonnenenergie lässt sich durch Fotovoltaik umformen und ins Stromnetz einleiten. Wind und Sonne sind sich immer wieder selbst erneuernde Rohstoffe für eine effektive Nutzung. Insbesondere die Sonne hat aber den Nachteil, dass sie nicht immer scheint. Es muss also Speichermöglichkeiten geben.

Auch wenn Strom kein offenes Feuer ist, kann ein Schadenfeuer verursacht werden, meist durch Kurzschluss wegen Überlastung. In letzter Zeit hört man von Akkus, die plötzlich in Brand geraten und sehr schlecht zu löschen sind. Durch den Klimawandel kommt es außerdem immer häufiger zu Waldbränden und starken Überflutungen der Städte durch Starkregen. Feuer und Wasser sind keineswegs ungefährlich geworden.

Es ist verständlich, dass die Menschen in früheren Zeiten dem Feuer göttliche Macht zuschrieben und

Feuergöttern opferten. Volksbräuche wie Osterfeuer, Sonnwend- und Johannisfeuer oder ähnliches erinnern daran. Es gilt als Mutprobe, über glühende Kohlen zu gehen oder über ein Feuer zu springen.

Für Christen sind Advents- und Weihnachtslichter sowie die Osterkerze ein Hinweis auf Gott. Er ist Herr über Himmel und Erde und damit auch über das Feuer. Er selbst ist Licht. Sein erstes Wort, als sein Geist in der Finsternis über der Urflut schwebte, war: *Es werde Licht.* Die Psalmbeter baten später, er möge sein Licht über sie leuchten lassen, um die Wahrheit zu erkennen. Propheten sahen ein großes Licht als Hinweis auf die Geburt des Gottessohnes. Jesus nannte sich später selbst das Licht, das eine kleine Weile bei den Menschen sei, um sie zu erleuchten. So wie der Mond das Licht der Sonne spiegelt, sollen Christen das Licht Gottes in die Welt tragen

Zigtausend brennende Kerzen führten 1989 zu einem echten Wunder, mit dem die Demonstranten selbst nicht gerechnet hatten. Die staatlichen Sicherheitskräfte wagten nicht, gegen friedliche Menschen mit brennenden Kerzen einzuschreiten. In Verbindung mit den Montagsgebeten führten sie den Fall der Berliner Mauer herbei. Es war weltweit die erste friedliche Revolution, die anschließend auf andere Länder des Ostens übergriff. Es begann ein neues Zeitalter. Doch inzwischen bröckelt es. Die Menschen konnten mit dem Wunder nicht umgehen und vergaßen Gott wieder.

Schon früher benutzte Gott Feuer bei besonderen Anlässen als Zeichen seiner Göttlichkeit. Als er mit Abraham ein besonderes Volk gründen wollte, versprach er ihm, seine Nachkommen würden zahlreich wie die Sterne am Himmel, der Sand am Meer oder der Staub auf der Erde sein. Das Land würden sie aber erst in vierhundert Jahren erhalten. Vorher müssten sie Sklaven in Ägypten sein.

Seinen ewigen Bund zum Segen für alle Völker schloss Gott jedoch vorab mit Abraham. Er bat ihn, Fleischstücke von verschiedenen Tieren nebeneinander zu legen und aufzupassen, dass sie nicht von Raubvögeln gefressen würden. Abraham verscheuchte sie gewissenhaft bis er nach einigen Stunden müde wurde. Da schickte Gott Feuer vom Himmel, das das Fleisch verzehrte.

Als Gott 400 Jahre später Mose erwählte, das Volk Israel wie versprochen aus der Sklaverei in die Freiheit zu führen, sprach er zu ihm aus einem brennenden Dornbusch. Während der Wüstenwanderung wurden sie durch eine Wolke begleitet, die nachts wie Feuer glühte. Am Berg Horeb erschien Gott in einem Feuer mit viel Rauch. Die Erde bebte und ließ das Volk erschauern. Nur Mose durfte hinaufsteigen und mit Gott sprechen, der seinen Bund erneuern wollte.

Sehr viel später, als Jesus die Schuld aller Menschen ans Kreuz trug, wurde der ewige Bund Gottes mit der ganzen Menschheit endgültig geschlossen. Wegen seiner Treue und Gerechtigkeit kann Gott ihn nicht wieder aufheben. Der Mensch, der sich vertrauensvoll im Glauben an ihn wendet, bekommt ein neues Herz, das Gottes Liebe annehmen kann.

Noch auf der Wüstenwanderung ließ Gott vom Volk Israel zu seiner Anbetung die Stiftshütte errichten und Aaron zum Hohepriester weihen. Als das Opfertier auf dem Altar lag, zündete Gott selbst es an, um seine Anwesenheit zu bestätigen. Dieses Feuer durfte nicht gelöscht werden. Aaron musste täglich Holz nachlegen. Es zeugte von Gottes Gegenwart.

Die Söhne Aarons stellten sich dagegen und machten ein eigenes Feuer, um darauf selbst für sich zu opfern. Das erzürnte Gott und dieses Feuer tötete sie.

Sehr lange versuchte Gott, sein Volk mit Strafen auf dem rechten Weg zu halten. Als Königin Isebell Baal zum wahren Gott erklärte, blieb der Regen drei Jahre aus. Dann schickte Gott seinen Propheten Elia mit der rettenden Botschaft zu König Ahab. Es sollte vor dem Volk ein Gottesbeweis erbracht werden. Jede Seite sollte einen Stier opfern, ohne ihn anzuzünden.

Die Baalspriester begannen und riefen ihren Gott von früh morgens bis zum späten Nachmittag mit verschiedenen Ritualen an. Nichts geschah. Elia verspottete sie und baute gegen Abend seinen Altar in eine Grube, die er mit Wasser füllte. Er legte seinen Stier darauf, übergoss ihn dreimal mit Wasser und bat Gott, sich zu beweisen. Ein Feuer fiel vom Himmel und verzehrte das Opfer und auch das Wasser in der Grube.

Die anwesenden Menschen jubelten und die Baalspriester wurden getötet. Danach begann es endlich wieder zu regnen. König Ahab fuhr zufrieden nach Hause, doch seine Frau Isebell wurde wütend. Sie ließ Elia ausrichten, es werde ihm genauso ergehen wie den Baalspriestern. Der eben noch sehr mutige Prophet bekam Angst vor der Königin und floh in die Wüste. Gott stärkte ihn und zeigte ihm in einer Vision, dass er nicht als Zerstörer auftritt, auch nicht im Feuer. Er erscheint als wohltuendes sanftes Säuseln.

Viele Jahrhunderte später traf Gott mit Jesus Christus seine endgültige Entscheidung für seine Menschenkinder. Mit Petrus, Jakobus und Johannes bestieg Jesus einen Berg und verwandelte sich zum Erstaunen seiner Begleiter plötzlich in eine Lichtgestalt, heller strahlend als die Sonne. Dann überschattete ihn eine lichte Wolke. Die Jünger erschraken und fielen zu Boden. *Dies ist mein lieber Sohn. Den sollt ihr hören*, erklang eine Stimme. Sie erhoben sich und Jesus stand ganz normal vor ihnen. Er verbot ihnen, über dieses Erlebnis zu sprechen, solange er noch bei ihnen sei.

Gottes Licht ist blendfrei und hat Schöpfungskraft wie am Anfang. Doch die Menschheit ist verblendet durch das grelle Licht Satans, das allgemein Angst verbreitet. Nur Gottes Liebe macht uns furchtlos.

Vermutlich hätten die Jünger aus Furcht nie mit jemandem über Jesus gesprochen, nachdem er gekreuzigt worden war, obwohl der Auferstandene zu ihnen kam, mit ihnen sprach und aß. Die ganze Welt muss es erfahren. Deshalb sandte Gott zu Pfingsten seinen Heiligen Geist wie im Wind wirbelnde Feuerflammen zu den Jüngern, die sich aus Angst versteckt hielten. Da bekamen sie Mut und redeten freimütig öffentlich vom Auferstandenen und ihren Erlebnissen mit ihm. Das heilige Feuer des Geistes soll nun in uns weiterbrennen und unsere Herzen erleuchten.

Angst erinnert an eigene Schuld und mangelndes Vertrauen. Wir brauchen Kontakt mit Gott und Menschen, um zu verstehen. Alles im Leben ist zerbrechlich und schutzbedürftig. Doch Angst ändert nichts daran, macht es eher schlimmer. Als Folge der Sünde nahm Jesus sie mit ans Kreuz und forderte seine

Nachfolger auf, der Welt furchtlos gegenüber zu treten, weil er die Angst überwunden hat.

Weihnachten, Karfreitag, Ostern, Christi Himmelfahrt und Pfingsten sind bei uns gesetzliche Feiertage. Weihnachten wurde Familienfest oder Fest der Liebe. Das Wichtigste scheint vielen aber der Weihnachtsmarkt mit Glühwein zu sein. Früher war er ein Teil der besinnlichen Adventszeit. Jetzt ist es ein Volksfest mit Vergnügungen aller Art, das in einigen Städten bereits Anfang November beginnt. Die Häuser und Vorgärten werden mit Lichterketten, Weihnachtsmännern und anderen Deko-Figuren geschmückt.

Lange vor Ostern während der Fastenzeit hängen in vielen oft noch unbelaubten Bäumen bunte Ostereier, Hinweis darauf, dass der Osterhase zu erwarten ist. Karfreitag als „stiller Feiertag" ist vielen ein Ärgernis, weil man nicht laut feiern darf. Er eignet sich aber zum Färben von Ostereiern. Die Wenigsten sehen den Zusammenhang mit der Auferstehung Jesu.

Christi Himmelfahrt wurde zum „Vatertag" mit alkoholischen Wanderungen und Pfingsten zum fröhlichen Frühlingsfest, geeignet für Ausflüge in die neu erwachte Natur. Kirchgänger feiern es vielleicht als Geburtstag der Kirche.

Zusammen haben diese Feste eine Ewigkeitsbedeutung für die ganze Menschheit. Das Licht, das zu Weihnachten aufleuchtete, weil Gott Mensch wurde, wurde von den Menschen am Karfreitag ausgelöscht, wie sie meinten. Doch Gottes Plan war ein anderer und Jesus hat ihn am Kreuz vollbracht. Durch seinen menschlichen Tod hat er den ewigen Tod besiegt und erstrahlte am Sonntagmorgen als Ostersonne. Nachdem Jesus in die Ewigkeit zurückgekehrt war, erschien zu Pfingsten Gottes Geist, damit jeder die frohe Botschaft erfahren kann.

Wenn uns etwas besonders wichtig ist, es uns drängt, darüber zu reden oder es zu tun, sagen wir, es brennt unser Herz für diese Sache. Wir sprechen auch vom Feuer der Liebe und Leidenschaft. Jesus bezog es auf seine rettende Botschaft und wünschte, es würde schon weltweit brennen. Aber wie leicht schlägt dieser Feuereifer in Fanatismus um und die Liebe in Hass.

Das Feuer der Liebe preist man gerne,
weil man es auch göttlich nennt.
Man fliegt ins All und sucht die Sterne,
während der Hass die Welt verbrennt.

Um die Wahrheit zu erkennen,
braucht es nicht nur den Verstand.
Man muss sie mutig auch benennen
und handeln, wie man es erkannt.

Zur göttlichen Liebe gehört **Mut** zur Wahrheit. Angst kann Teil von Unsicherheit sein. Sie kann sich bis zur Krankhaftigkeit steigern und zu Todesangst werden, wenn die Wahrheit geleugnet wird. Früher sah man in Angst und Furcht deshalb böse Geister.

Ihre eigentliche Aufgabe ist es, vor echten Gefahren zu warnen. Selbstbewusstsein überwindet Angst und Furcht. Je nach Gefahrenlage kann Mut spontan entstehen. Mut ist nicht die Abwesenheit von Angst. Der Mutige stellt sich den Ängsten und greift unerschrocken zu, auch wenn es ihm Nachteile bringt.

Gott will mutige, zuversichtliche, zielgerichtete Glaubenskinder. Ein bekanntes Beispiel ist der Hirtenjunge David. Natürlich hatte er vor dem bewaffneten Riesen Goliath Angst. Seine Steinschleuder war für den Einsatz gegen wilde Tiere gedacht, die die Herde bedrohten. Doch mutig besiegte er mit ihr im Vertrauen auf Gott den feindlichen Krieger.

Das Gegenteil von Mut scheint **Demut** zu sein, sich kleinmütig von allem zurückzuziehen, sich zu fürchten, sich aus mangelndem Selbstbewusstsein selbst klein und wertlos zu fühlen und deshalb vorsichtshalber zu anderen aufzuschauen.

Echte Demut ist keine falsche Bescheidenheit, sondern richtige Werteinschätzung. Sie ist als Teil der Liebe Mut zum Dienen, wie Jesus es uns vorlebte, Kraft unter Kontrolle. Wer der Größte sein will, sei der anderen Diener, ohne sich zu erniedrigen. Demut hört anderen zu, lässt jeden gelten wie er ist, ohne Vorurteil.

Demut ist auf keinen Fall eine unterwürfige Haltung. Bei ihr ist Weisheit und die Erkenntnis, vor Gott schuldig zu sein, um Gottes Gnade zu erbitten. Dadurch erhält jeder seinen eigenen Wert. Dem Demütigen gibt Gott Gnade und er wird Ehre empfangen. Diese Tatsache der Gotteskindschaft darf aber nicht zu Überheblichkeit führen. Ein Beispiel echter Demut war Jesus. Für ihn zählten weder Stand, Herkunft noch Reichtum, sondern nur der Mensch als solcher.

Hochmut ist die Wurzel alles Bösen, heißt es, und kommt vor dem Fall. Er wendet sich im Grunde gegen Gottes Gnade und überhebt sich über alle anderen. Jedes Überlegenheitsgefühl ist Hochmut. Dazu verwies Jesus auf den Pharisäer, der stolz betete: *Ich danke dir, Gott, dass ich nicht bin wie die andern, sondern das Gesetz halte und sogar noch mehr tue.* Sein Gebet gelangte nicht zu Gott.

Ein hochmütiger Mensch ist stolz auf sich selbst und sieht auf andere mit Verachtung herab. Doch niemand hat sich seine Talente und Möglichkeiten selbst gegeben. Auf seine Leistungen mag man stolz sein, doch sie machen niemanden zu einem besseren Menschen, auch wenn man viel für andere tut. Wenn es der eigenen Anerkennung dient, ist es **Heuchelei**. Man täuscht vor, völlig selbstlos zu helfen, und handelt doch nur zum eigenen Vorteil. Man ist scheinheilig.

Manchmal überdeckt man ein Minderwertigkeitsgefühl durch Überheblichkeit. Das ist vorgetäuschter Hochmut aus Angst, abgelehnt zu werden. Man ist nicht bereit, die Wahrheit über sich selbst zu sehen, sondern braucht die Täuschung. Man sagt oder tut etwas, das der eigenen Lebensauffassung nicht entspricht. Man passt sich an, wo man es lieber nicht tun sollte. Heuchelei ist eine Verdrehung der Wahrheit mit Verletzung der eigenen Würde und deshalb Missachtung Gottes. Sie tritt auf bei Eigennutz, Feigheit und Schwäche, weil der Mut fehlt, zu sich selbst zu stehen. Man belügt sich selbst zum eigenen Schaden.

Herr, gib mir Mut zur Demut
in deiner Heiligkeit.
Vor Heuchelei bewahr' mich
und vor Scheinheiligkeit.

DER TRENNENDE SUND

„Ich halte alle Gebote
und sündigte nie!
Aber sie …
schau sie dir an.
Sie betrog ihren Mann."

„Hast du nie gesündigt, dann wirf den Stein.
Verkauf deinen Besitz und …"
Da stand sie allein,
bevor er noch sprach:
„Dann folge mir nach."

Er sah sie an,
nicht wie ein begehrender Mann.
Sie erkannte zu dieser Stund',
aufgehoben ist der Sund.

Er ist überbrückt.
Echte Liebe beglückt
bis in Ewigkeit.

Die häufigste Sünde ist noch heut:
Überheblichkeit!

STAUB

Staub kennt jeder. Er liegt auf Möbeln und lange nicht benutzten Gegenständen oder tanzt in einem hellen Sonnenstrahl. Sonst ist er unsichtbar. Einige Menschen reagieren auf Staub allergisch. Staubforscher befassen sich schon lange mit diesen vielfältigen winzigen Teilchen und haben herausgefunden, alles und jeder ist von einer Staubwolke eingehüllt. Es gibt keine staubfeie Zone. Je nach Art und Größe können Stäube schädlich und krankmachend sein, und jedes Staubkorn enthält eine Botschaft. Man hofft, diese bald völlig entschlüsseln und bei der Klärung von Kriminalfällen nutzen zu können.

Auch im Weltall gibt es Staub zwischen den Sternen, der ebenfalls unsichtbar ist. Wenn er von hellen Sternen beleuchtet wird, spricht man von diffusem Nebel. Man geht davon aus, Staub war der Anfang des Universums. Der Prediger Kohelet, der angeblich die Weisheit Salomos aufschrieb, war ebenfalls der

Meinung, es sei alles aus Staub entstanden und werde wieder zu Staub.

Die Schöpfungsgeschichte erklärt den Anfang der Welt nicht, sondern sagt nur, Gott schuf Himmel und Erde und die Erde war wüst und leer. Sein Geist schwebte in der Finsternis über der Urflut und Gott sprach: *Es werde Licht!* Dann ordnete er das allgemeine Chaos und alles entstand durch sein Wort. Für die Erschaffung des Menschen gab es eine Sonderregelung. Gott formte ihn aus Erde vom Ackerboden und blies ihm seinen Lebensatem in die Nase. Damit entsprach er dem Bilde Gottes und sollte sein Partner sein. Er gab den Menschen Sprachfähigkeit und überließ es ihnen, alles in ihrer Umwelt zu benennen.

In der Relation zum Weltall ist der Mensch auf jeden Fall nur ein Staubkorn, wie es auch einigen Bibelstellen zu entnehmen ist. Hiob wurde von seinen Freunden in seiner katastrophalen Notlage wenig tröstlich darauf hingewiesen, der Mensch sei nicht mehr als Staub und müsse wieder zum Staub zurückkehren. Diese Formulierung wird auch bei Beerdigungen benutzt: Erde zu Erde, Staub zu Staub, Asche zu Asche.

Aber das gilt nur für den sterblichen Körper. Der göttliche Anteil war und ist kein Staub und kann auch nicht zu Staub werden oder zu Asche verbrennen. Er kehrt in die Ewigkeit zurück.

VIELFALT

Staubwolken im Nichts wie Nebel schwebten
und sich miteinander verwebten.
Sie wurden dadurch teils flüssig, teils hart;
denn sie waren von verschiedener Art.

Sie suchten weiter, sich zu verbinden,
um etwas gemeinsam zu erfinden.
Sie schmolzen zusammen in heißer Glut
oder verschwammen in Wasserflut.

Da schwebte Gottes Geist über allen.
Ihm tat das Chaos nicht gefallen
Darum griff er persönlich ein.
Vollkommen sollte die Schöpfung sein.

Es fiel ein Same auf die Erde,
entsprungen aus dem Wort „Es werde!".
Daraus dann jedes Leben entstand
im Wasser, in der Luft und an Land.

Vielfältig sind die einzelnen Arten.
Man versucht sie zu ordnen in Sparten.
Nicht alles Leben ist schon bekannt,
vor allem im Wasser, doch auch an Land.

Gibt es nur Fische in tiefer See?
Lebt da nicht auch Buttje Timpete
mit Meerjungfrauen, als Nixen bekannt?
Sie verführen angeblich Männer am Strand.

Lebewesen sind auch die Pflanzen.
Flora nennt man sie im Ganzen.
Zu der gesamten Lebenswelt
auch jedes Bakterium und Virus zählt.

Unmöglich ist es, alle zu kennen,
sie auch nur mit Namen zu nennen.
Vielfältig wie Staub ist alles, was lebt,
egal, was wir sehen, was um uns schwebt.

FISCHE

Fische gibt es in unzähligen Arten sowohl in den Meeren als auch in den Flüssen und anderen Gewässern. Zu allen Zeiten dienten sie den Landbewohnern in ihrer Nähe zur Nahrung. Da sie sehr gesund sind, wurde der Fischfang immer weiter ausgebaut, bis zur Überfischung verschiedener Gebiete. Inzwischen wird ihr Lebensraum auch durch Plastikmüll in den Weltmeeren beeinträchtigt. Viele sterben daran, weil sie ihn mit Nahrung verwechseln. Sind die Plastikteilchen klein genug, werden sie im Fischkörper gespeichert und gelangen so auch in unsere Nahrung. Welche Folgen das für die menschliche Gesundheit hat, ist noch nicht endgültig erforscht. Gut ist es auf jeden Fall nicht.

Fische spielen auch in Märchen und Mythen eine Rolle. Gott benutzte einen großen Fisch, um den ungehorsamen Propheten Jonas zur Vernunft zu bringen. Im Märchen vom Fischer und seiner Frau erfüllt ein Butt die Wünsche der Frau bis sie zu unverschämt wird und wieder alles verliert.

Wischnu, einer der Hauptgötter des Hinduismus, erscheint zuweilen in anderen Gestalten, um Recht und Ordnung auf der Erde wieder herzustellen. Seine Aufgabe ist es, die Welt zu erhalten und zu schützen. So kam er z. B. als Fisch, um Manu, einen Stammvater der Menschheit, Sohn des durch sich selbst seienden Gottes, aus der Sintflut zu retten. Manu erscheint von Zeit zu Zeit, um die Menschheit mit Gesetzen zu versorgen.

Für die ersten Christen war der Fisch ein Geheimzeichen. Die Buchstaben des griechischen Wortes galten als Kürzel für das Glaubensbekenntnis. Jesu erste Jünger waren Fischer. Fische gehörten zu seiner täglichen Nahrung. Er hielt sich viel am See Genezareth auf, dem See der sieben Quellen. Häufig überquerte er ihn mit seinen Jüngern im Boot. Dort erlebten sie Stürme und Wunder.

Sein Wirken begann mit einem großen Fischfang, nachdem er Fischer gebeten hatte, zu den ihm folgenden Menschen aus einem Boot heraus sprechen zu dürfen. Danach forderte er Simon und seinen Bruder Andreas auf, in die Mitte des Sees zu fahren und die Netze an der tiefsten Stelle noch einmal auszuwerfen. Das versprach nach den Erfahrungen der Fischer keinen Erfolg, und das sagten sie auch. Die Art des Predigers brachte Simon jedoch dazu, es auf dessen Wort zu versuchen. Das Ergebnis war überwältigend. Sie mussten andere Fischer mit ihren Booten rufen und um Hilfe bitten, um den großen Fang an Land zu ziehen. Simon war entsetzt. Das ging nicht mit rechten Dingen zu. Doch Jesus ließ sich nicht wegschicken, sondern antwortete ihm, er wolle ihn zum Menschenfischer machen. Das Ergebnis war, dass die Fischer ihren Beruf aufgaben und Jesu Jünger wurden.

Sein irdisches Wirken beendete Jesus ebenfalls mit einem Fischzug. **Sieben** der Jünger waren nach Ostern frustriert an den See der **sieben** Quellen zurückgekehrt und fischten die ganze Nacht vergeblich. Müde erreichten sie das Ufer. Da stand ein Mann und fragte, ob sie etwas zu essen hätten. Als sie verneinten, antwortete er, sie müssten das Netz auf der rechten Seite auswerfen, um etwas zu fangen. Verwundert taten sie es. Ahnten sie, wer dieser

Fremde war? Das Netz füllte sich tatsächlich und jetzt war einem der Jünger klar, das konnte nur Jesus sein. Als Petrus das hörte, sprang er ins Wasser und schwamm zum Ufer, während die andern mit dem Boot folgten.

Am Strand brannte ein Kohlenfeuer und der Mann sagte, sie sollten ihm von den gefangenen Fischen bringen. Petrus kehrte um und half den andern, das schwere Netz an Land zu ziehen. Hatte ihn das Kohlenfeuer an sein Versagen am Karfreitag erinnert? Nach dem Essen gab es ein klärendes Gespräch und Petrus wurde sein Verkündigungsamt bestätigt.

Warum sie die Fische zählten, wird nicht erklärt, nur gesagt, dass es 153 große Fische waren. Es muss mit der Zahlensymbolik zu tun haben, die sich durch die Bibel zieht. Jesus benutzte sie gern, besonders in Gleichnissen. Die Sieben soll in der Bibel 777mal vorkommen. Nach ihrer Bedeutung zu urteilen, könnte es stimmen. Sie umfasst Himmel und Erde und das ganze Universum. Nach sieben Zeitabschnitten war alles vollendet und sehr gut, ein Grund zum Feiern des siebten Tages.

Diesmal verwiesen 153 (12 x 12 + 3 x 3) Fische auf die Vollendung des Auftrags Jesu. Er kehrte heim in die vollkommene Göttlichkeit. Der einzig-wahre Gott, Herrscher über Himmel und Erde, regiert in Dreifaltigkeit über unsere dreidimensionale Welt. Die Zwölf verbindet Himmel und Erde.

DER GROßE FISCHZUG

Sie waren die ganze Nacht auf dem Meer,
doch die Netze blieben leer.
Müde verließen die Fischer das Boot.
Ein Wanderprediger sah ihre Not.

Er brauchte eine Rednertribüne.
Ein Boot ihm dafür richtig erschiene.
Er wollte die müden Männer nicht stören,
doch viele Menschen wollten ihn hören.

Die Fischer gewährten die Bitte des Herrn.
Nach der Rede würden sie gern
zum Mittagessen zu sich nach Haus,
doch Jesus sprach: Fahrt noch einmal raus.

Aus Erfahrung wussten sie gewiss,
um Mittag nicht Zeit zum Fischen ist,
doch weil er es so bestimmt gesagt,
haben sie noch einen Fischzug gewagt.

Wie ist das Netz danach so schwer.
Sie winken ihre Kollegen her.
Simon erschrickt. „Geh weg von hier."
Jesus antwortet: „Komm, folge mir."

So sind die Fischer mit ihm gegangen,
haben statt Fischen Seelen gefangen.
Als Jesu Werk auf Erden vollbracht,
hat er nochmal an den Fischzug gedacht.

Es waren am Morgen die Fischersleut
müde und erfolglos erneut.
Da stand er am Ufer. Noch einmal geschah
das Wunder und die Bedeutung ist klar.

Gott hat sein Werk vollkommen gemacht.
Der Morgen grüßt nach frustrierter Nacht.
Der dreieinige Gott ist Herrscher allein.
Himmel und Erde, alles ist Sein.

ALPHA UND OMEGA

Alpha und Omega sind der erste und der letzte Buchstabe des griechischen Alphabets und stehen für Anfang und Ende der Zeit. Gott und die Ewigkeit sind zeitlos und endlos. Gott schuf Himmel und Erde und plante den weiteren Verlauf und die Entwicklung der Welt bis zum Ende aller Zeiten. Dann folgt das Gericht durch das Wort, das weiterbesteht, wenn alles vergangen ist. Das Wort, das zwischenzeitlich Fleisch wurde, ist Gott.

Die Jünger fragten Jesus nach dem Ende der Welt. Er warnte sie vor vielen falschen Propheten, die auftreten und sie in die Irre führen würden. Es müssten viele schreckliche Dinge geschehen wie Kriege, Erdbeben, Hungersnöte, Pandemien und anderes. Das sei der Anfang der Wehen. Hass, Terror, Mord, Verfolgung würden überhandnehmen. Wer bis zum Ende standhaft bleibe, werde gerettet. Er gebot ihnen, die Wahrheit bis an die Enden der Welt zu verkünden im Vertrauen darauf, dass er immer bei ihnen sei.

Ich bin das Alpha und das Omega spricht Gott, der Herr, der ist und der war und der kommt, der Herrscher über die ganze Schöpfung, hörte der Seher Johannes. Der Ewige wiederholte es später mit der Zusage, dass er jeden annimmt, der zu ihm kommt mit seiner Sündenlast, der seine Kleider wäscht im Blut des Lammes.

Die Offenbarung des Johannes enthält viele Bilder, ihm selbst unverständlich, weil es ihm unmöglich war, sich die Entwicklung bis in unsere Zeit vorzustellen. Sprechende Lügenbilder, die für sich Glauben beanspruchen und die Menschen gegeneinander aufhetzen, sind inzwischen alltäglich, sodass die Menschen Lüge und Wahrheit oft nicht mehr auseinanderhalten können. Das hat auf allen Gebieten des Lebens schlimme Folgen.

Jeder, der das Internet nutzt und sein Handy stets eingeschaltet bei sich hat, um nichts zu versäumen, hinterlässt ungewollt unendlich viele Daten von sich. Die Algorithmen werten diese aus und führen sie zusammen. Das Ergebnis ist erschreckend, aber kaum jemandem bewusst. Besonders kluge Köpfe werden gern kriminell, weil es schnelles Geld verspricht. Ist der Gedanke, dass die Welt bald ins Chaos zurückfallen könnte, da nicht naheliegend?

Die große seelenlose Datensammel- und Rechenmaschine KI („künstliche Intelligenz") kann weder fühlen noch denken, täuscht dies aber vor. In vielen Bereichen kann sie von Nutzen sein, solange die Menschen in der Lage sind, die Stimmigkeit der Rechenergebnisse zu überprüfen. Sobald das nicht mehr gelingt, weil man selbst nichts mehr gelernt hat, sondern sich auf KI verlässt, führt das in die Katastrophe.

Der letzte Buchstabe vor Omega ist Psi. Er bezeichnet u. a. außersinnliche Wahrnehmungen. Zwar hat KI damit nichts zu tun, der Mensch neigt aber dazu, mangels eigenen Wissens die Rechenergebnisse als unerklärliche Phänomene anzuerkennen. Wie weit entfernt ist also Omega, das Ende der Zeit?

Die Angaben über Tage, Monate und Jahre in der Offenbarung klingen sehr genau. Es wird deshalb viel über die Endzeit spekuliert. Gott offenbart den Menschen aber nur, was sie wissen müssen und beherzigen sollen. Daraus Daten für die Endzeit abzuleiten, ist nicht möglich, auch nicht mit KI. Sich Gedanken dazu zu machen, ist natürlich erlaubt. Sonst hätte die Aufzeichnung keinen Sinn.

In der Offenbarung des Johannes ist von der ersten Auferstehung und dem zweiten Tod die Rede, den die Heiligen nicht erleben. Es heißt, der Teufel wird für 1000 Jahre weggesperrt. In dieser Zeit regiert Jesus mit den mit ihm entrückten Seelen. Danach kommt Satan noch einmal eine kurze Zeit frei, wird endgültig besiegt und alle Gläubigen werden mit Jesus entrückt. Die Ungläubigen werden gerichtet. Auch dies ist keine echte Zeitangabe. Eins ist die Zahl für Gott, Null bedeutet ein Vielfaches. Gott ist zeitlos und Alpha und Omega für die Zeit.

Der Apostel Paulus erwähnt, wenn die Posaune Gottes erschallt, werden die in Christus Verstorbenen auferstehen und gemeinsam mit den noch Lebenden mit Jesus entrückt. Andererseits heißt es, Christus wird über die Welt herrschen, bis Gott ihm alle Feinde unter die Füße gelegt hat. Dies wird oft als Widerspruch gesehen und über die beiden Entrückungen und den zweiten Tod gerätselt. Wann werden die Toten auferstehen und gerichtet?

Die beste Deutung scheint mir zu sein, Gottes Friedensreich hat mit Jesu Auferstehung und Himmelfahrt begonnen. Da wurde ihm **alle Macht im Himmel und auf der Erde** gegeben, wie er seinen Jüngern zum Abschied sagte. Er forderte sie auf, diese frohe Botschaft der ganzen Welt zu verkünden. Satan hat seine Macht verloren, als Jesus am Kreuz sagte: *Es ist vollbracht!* Ich denke, da haben die „tausend Jahre" angefangen, eine sehr lange Zeit.

Die erste Auferstehung erfolgte, nachdem Jesus zwischen seiner Kreuzigung und Auferstehung im Totenreich war. Die ihn dort als Herrn annahmen, wurden mit ihm in die Ewigkeit entrückt, wie danach alle wiedergeborenen Christen nach ihrem irdischen Tod. Sie leben unter Christi Herrschaft weiter. Der zweite Tod mit dem Gericht Gottes betrifft sie nicht mehr. Jesus regiert bis zur endgültigen Vernichtung Satans.

Es könnte sein, dass wir bereits in der „kurzen Zeit" leben, in der Satan noch einmal völlige Freiheit hat und der Antichrist die Welt regiert. Auch wenn niemand weiss, wie es auf der Erde noch weitergeht, ist es gerade jetzt wichtig, sich gegen alle Widerstände Jesus Christus zuzuwenden und sein Angebot anzunehmen. Es ist die letzte Möglichkeit der Befreiung und Bewahrung vor dem zweiten Tod zum Gericht.

Wenn die sichtbare Welt endgültig verschwunden ist, gibt es nur noch die Herrlichkeit bei Gott. Wehe den Seelen der Ungläubigen, die Tod und Teufel folgen müssen.

Erster und Letzter sind auch eine Rangordnung. Nicht nur im Tierreich kennt man die Alpha-Tiere. Niemand möchte der Letzte sein. Auch die Jünger Jesu diskutierten darüber, wer von ihnen der Größte im kommenden Reich sein werde. Als Jesus sie fragte, worüber sie auf dem Weg gesprochen hätten, schwiegen sie. Es war ihnen peinlich. Jesus wusste es trotzdem und beantwortete die Frage anders als erwartet. Er machte ihnen klar, wer der Wichtigste unter ihnen sein wolle, müsse Diener aller anderen sein. Auch er selbst sei gekommen zu dienen. Am Ende würden die Letzten dann die Ersten sein. Zur Veranschaulichung stellte er ein Kind als Vorbild in ihre Mitte. Nicht Rechthaberei und Machtstreben, sondern Vertrauen in Gottes Führung seien gefragt.

Menschen streben danach, die Karriereleiter möglichst weit hinauf zu kommen. Jeder möchte mehr und größer sein als die andern, mehr Macht haben, sich niemandem unterordnen. Jesus tat das Gegenteil. Er gab uns seine Herrlichkeit, damit wir ihm gleich sind. Doch vorher verzichtete er auf seine Göttlichkeit, um ein Mensch auf niedrigster Stufe zu werden. Das erwartet er auch von seinen Nachfolgern und zeigte es ihnen vor ihrem letzten gemeinsamen Mahl. Er wusch ihnen die Füße, ohne sich zu erniedrigen. Christen sind keine Verlierer. Die sichtbare Welt wird vergehen, doch die unsichtbare bleibt ewig und damit auch alle Nachfolger Christi.

Die körperliche Größe kann uns ebenfalls Probleme machen, doch niemand kann sie seinen Wünschen anpassen. Als Schülerin fühlte ich mich den andern unterlegen, weil ich zwar nicht die Jüngste, aber lange die Kleinste war. Ich wurde auch von Erwachsenen, die mich nicht kannten, für jünger gehalten als ich war. Das ist für eine Jugendliche verletzend. Später wünscht sich jeder, jünger auszusehen, eine unsinnige Eitelkeit. Als normale Alterserscheinung bin ich inzwischen wieder kleiner geworden, was mein tägliches Leben beeinträchtigt.

Es wechselt im Alter die Selbständigkeit
wieder zur Hilfsbedürftigkeit,
wenn Anfang und Ende zusammenfließen
und den zeitlichen Lebenskreis schließen.

Alles, was einen Anfang hat, hat auch ein Ende. Obwohl die Wissenschaft nach dem Anfang des Lebens sucht und den Urknall als Beginn des Universums gefunden hat, glaubt sie nicht an ein Ende, sondern nur an Veränderung. Das Ende der Welt wird als Utopie abgetan, also als etwas Erdachtes, das man erhoffen oder befürchten kann.

Hoffnungen und Wünsche für die Zukunft sowie Befürchtungen hat jeder, unabhängig davon, was er glaubt. Wer Gott für eine menschliche Erfindung hält, hält sich selbst für fähig, aus eigener Kraft oder durch glückliche Zufälle alles erreichen zu können.

Funktioniert es nicht, war es eben Pech oder es werden „Sündenböcke" verantwortlich gemacht.

Geblendete Augen können das Licht nicht sehen. Jeder Mensch hat in sich ein Schuldgefühl, das er loswerden möchte, und macht es dadurch meist noch schlimmer. Ahnt er die Ursache, wendet er sich Religionen zu, die dieses Dilemma nicht lösen können. Menschen haben keine Möglichkeit, von sich aus den Sund zwischen sich und Gott zu überwinden. Die Brücke kann nur von der Seite Gottes gebaut werden. Das hat er getan. Sein Angebot zur Versöhnung gilt jedem. In diesem Wort steckt das Wort Sohn, also Jesus Christus. Er hat die menschliche Schuld auf sich genommen und für uns gegen seine Gerechtigkeit ausgetauscht. Darauf können wir uns vor Gott berufen.

Eine Brücke muss auf beiden Seiten fest verankert sein. Auch die Vergebung unserer Schuld vor Gott ist keine Einbahnstraße. Das Vaterunser, das wir das Gebet des Herrn nennen, enthält die Bitte: *Vergib uns unsere Schuld **wie wir vergeben** unseren Schuldigern.* Das ist keine unzumutbare Forderung, sondern Angebot der Gnade Gottes. Jesus vergab sogar seinen Mördern und betete am Kreuz für sie.

Die schlimmste Verletzung hinterlässt wohl der sexuelle Missbrauch, vor allem dann, wenn er mit einem Vertrauensbruch einhergeht oder gleichzeitig Gottes Liebe missbraucht wird. Sexuelle Übergriffe haben mit Liebe nicht das Geringste zu tun, sondern nur mit Machtgelüsten und Unterdrückung. Das männliche Verhalten ist kein neues Phänomen. Frauen und Kinder hatten sich fast zu allen Zeiten Männern unterzuordnen. Unterstützt wurde und wird dies durch alle Religionsgemeinschaften. Erst nachdem immer mehr Frauen die Richtigkeit dieser Vorherrschaft anzweifelten und den Mut hatten, ihre Menschenrechte einzufordern, konnten auch die sexuellen Übergriffe in der Vergangenheit hinterfragt werden. Angezeigt wurden die Taten selten. Die Opfer mussten befürchten, dass ihnen niemand glauben würde. Das hat sich bis heute wenig geändert. Immer noch wird den Opfern unterstellt, sie hätten den Täter provoziert oder wollten sich durch eine falsche Anschuldigung für irgendetwas rächen. Der männliche Täter fühlt sich immer im Recht. Da es selten Zeugen gibt, wird ihm selbstverständlich geglaubt.

Das Opfer hat aber keinen Grund, sich mitschuldig zu fühlen und zu schämen. Für Täter gibt es niemals Entschuldigungsgründe, schon gar nicht bei Amtsmissbrauch von „Gottes Bodenpersonal".

Jeder Mensch hat seit Geburt eine unverletzliche von Gott gegebene Würde. Nach einem sexuellen Übergriff glaubt das Opfer häufig, diese sei nun unwiederbringlich verloren. Das ist jedoch nicht der Fall. Auch die Seele kann durch Gottes Liebe geheilt werden. Das Opfer muss allerdings bereit sein, Zorn und Hass auf den Täter los zu lassen und ihm zu vergeben. Weder Hass noch Vergebung beeindrucken den Täter. Für die eigene Seele ist es aber ein erheblicher Unterschied, ob sie be- oder entlastet ist.

Wenn Gott uns auffordert zu vergeben, geht es ausschließlich um das eigene Wohlbefinden und unseren Seelenfrieden. Der Täter entgeht dem Gericht Gottes nicht.

Wir können nur aus Vergebung leben,
wenn wir diese weitergeben.
Uns umschließt, wie wunderbar,
das Alpha bis zum Omega.

DANKBARKEIT BRINGT ZUVER-SICHT

Dankbarkeit bringt Zuversicht,
dass weiterhin das göttliche Licht
das Dunkel der Welt hell überstrahlt.
Gott selbst hat ja dafür bezahlt.

Mein Leben liegt in seiner Hand,
in der es sich seit der Zeugung befand.
Ich wusste es nicht, doch als ich's erfuhr,
erkannte ich es in der Lebensspur.

Was auch geschah, Gott hielt über mich
seine Hand, damit das Böse wich.
Er führte mich sorgsam hinaus ins Licht.
Ich danke dafür, bin voll Zuversicht.

Genieße auch du jeden Augenblick;
denn er kommt nie zurück.
Er bleibt vielleicht Erinnerung,
doch du wirst nie wieder jung.

Bist du alt, kommt bald die Zeit,
dass dein Ende nicht mehr weit.
Hab es hoffnungsfroh im Blick.
Sei dankbar für jeden Augenblick.

ZUSAMMENFASSUNG

Ein Kreis ist rund, zumindest klar abgegrenzt von der Umgebung. Das gilt auch für den Kreis der Kinder Gottes im Verhältnis zur übrigen Weltbevölkerung. Es ist jedoch keine undurchdringliche Mauer, die die Menschen trennt. Alle leben miteinander in der Zeit und die Sonne scheint für alle gleichermaßen. Der Unterschied liegt ausschließlich in der Beziehung jedes einzelnen mit oder ohne Gott.

Gott versuchte von Anfang an, eine persönliche Beziehung zu allen aufzubauen. Er gab ihnen Regeln für ein friedliches Zusammenleben untereinander und mit ihm. Sie nahmen sie gerne an, verstanden aber nicht, um was es Gott wirklich ging. Soweit sie überhaupt glaubten, dass es ihn gibt, erweiterten sie die Vorschriften, um Gott damit zu beeindrucken. Sie glaubten, sich von ihm freikaufen zu können, wenn sie alle Rituale genau einhielten. In ihr Leben wollten sie sich von ihm nicht hineinreden lassen.

Nur wenige ließen sich von Gott ansprechen. Er war enttäuscht und setzte Propheten ein. Das Volk sollte wissen, dass Gott ihre Gottesdienste und Opfer verabscheue und ihren Gebeten gar nicht zuhöre. Er verwies darauf, dass die Zugvögel ihren Weg kennen würden und auch die Tauben genau wissen, wohin sie gehören. Nur die Menschen lieben die Irrwege. Gott erwartet Umkehr vom bösen Treiben. Es gilt, Gutes zu tun und für das Recht für alle einzutreten. Das falsche Verhalten und die geheuchelte Zuwendung führen zu einer Beschleunigung des Endes.

Gott erinnerte sich jedoch an den Regenbogen und sein schon Eva gegebenes Versprechen. Er machte selbst den Weg frei in die Ewigkeit für alle, die die Wahrheit erkennen und die persönliche Beziehung aufnehmen. Sie nennen sich noch heute Christen nach dem Gottgleichen Jesus Christus. Doch wieder wurde aus der frohen Botschaft eine Religion. Christen sollen Gottes Tempel sein, in dem sein Geist wohnt, erbaut auf der Lehre der Apostel mit dem Schlussstein Jesus Christus.

Ein Gott wohlgefälliger Gottesdienst besteht darin, sich uneingeschränkt und vorbehaltlos für alle ohne Ansehen der Person einzusetzen, ihre Not zu beheben und ihnen Recht zu verschaffen. Davon sind wir wieder sehr weit entfernt. Arm und reich klaffen weit auseinander, Rassismus, Sexismus und Antisemitismus nehmen zu. Der durch menschliches Verhalten beschleunigte Klimawandel lässt Schlimmes für die Weltbevölkerung befürchten. Umkehr von den eingeschlagenen Wegen ist dringend erforderlich.

Eine Hochzeit war früher ein einschneidendes Ereignis im Leben. Die Zugehörigkeit zum Haushalt der Eltern wird beendet und eine neue Familie gegründet. Jesus nahm das Hochzeitsfest gern für seine Gleichnisse vom Himmelreich. Auch die Offenbarung des Johannes endet mit der Hochzeit des Lammes mit seiner Gemeinde als Braut.

Im Gleichnis von den zehn Jungfrauen wies Jesus auf die Trennung vor der Tür hin. Die Mädchen sollten mit ihren Lampen den Bräutigam in den Festsaal geleiten. Fünf waren vorausdenkend, die anderen fünf sorglos. Der Bräutigam verspätete sich und die sorglosen merkten, dass ihnen das Öl ausging. Sie mussten also schnell etwas besorgen. Inzwischen kam der Bräutigam. Die klugen Jungfrauen gingen mit ihm hinein und die Tür wurde verschlossen. Als die anderen erschienen, wurde ihnen nicht mehr geöffnet. So wird es auch bei der Hochzeit des Lammes sein. Es gibt ein zu spät und dafür keine Ausrede.

Bevor das Hochzeitsfest im Himmel stattfinden kann, muss Satan mit seinen Anhängern endgültig vernichtet werden. Sie haben sich über die ganze Erde verbreitet und kämpfen überall gegen Christengemeinden. Da greift Gott mit Feuer vom Himmel ein. Satan und seine Anhänger landen im brennenden Schwefelsee. Gottes treu gebliebene Kinder werden entrückt und die Verstorbenen fürs letzte Gericht geweckt. Der zweite Tod endet im Feuersee.

Die neue Stadt Jerusalem erscheint wie eine geschmückte Braut und der Strom mit dem Wasser des Lebens quillt unter dem Thron Gottes hervor. Jesus, der Morgenstern, ist der Bräutigam. Der Geist und die Braut bieten allen Durstigen Lebenswasser an. Es gibt nur noch die Herrlichkeit Gottes. Alles andere ist vergangen.

ZEIT IST ENDLICH

Es gibt ganz sicher ein Ende der Zeit.
Sie mündet ein in die Ewigkeit.
Wann das sein wird, wissen wir nicht.
Doch es trifft alle das letzte Gericht.

Frieden und Freiheit sind göttliche Triebe.
Sie gehören zu seiner Liebe.
Drum sind sie überall bedroht
und bereiten sehr viel Not.

Wer kann uns davor bewahren,
dass wir nicht in die Hölle fahren?
Der Löwe ist es, aus Judas Stamm.
Er wurde zum göttlichen Opferlamm.

Jeder, der in ihm den Herrn erkennt
und ihn seinen Retter nennt,
lebt später mit ihm im ewigen Licht,
wird nicht verurteilt im Gericht.

ENDE UND ANFANG DES KREISES

Wenn der Lebenskreis endet, gibt es für die Kinder Gottes in der Ewigkeit einen neuen Anfang im nie endenden Kreis. Die Entscheidung trifft jeder vor seinem Tod. Der Kreis des Kirchenjahrs endet mit dem Toten- oder Ewigkeitssonntag, auch Christkönigsfest genannt, bevor er mit der Adventszeit neu beginnt. Im Mittelpunkt der Gottesdienste dieses Tages steht die Erinnerung an die Verstorbenen und letzte Momente mit ihnen. Verwiesen wird selbstverständlich auf die Ewigkeit und die Hoffnung, den Vorausgegangenen dort wieder zu begegnen.

Das letzte Mal mit einem geliebten Mensch kann eine ganz bewusst erlebte Situation sein, aber auch etwas, das man erst später als letzte Begegnung erkennt. Ich habe beides erlebt.

Es war an einem Herbstabend als er sagte: „Ich fühle mich schon den ganzen Tag nicht besonders. Am besten gehe ich wohl ins Bett." Es reichte noch für eine innige Umarmung und er flüsterte: „Ich liebe dich." Das war nicht sein übliches Verhalten. Wann waren diese Worte zum letzten Mal aus seinem Mund an mein Ohr gedrungen? Seit seinem letzten Krankenhausaufenthalt waren mir allerdings kleine Veränderungen in seinem Verhalten aufgefallen. Ich lächelte und erwiderte: „Ich dich auch". Er kuschelte sich in die Kissen und flüsterte ein leises Ja. Eine Antwort auf was? Ich wünschte ihm eine gute Nacht.

Kurz darauf hörte ich ein Röcheln. Ich erschrak und fragte, was los sei, bekam aber keine Antwort. Ich rief sofort den Arzt an. Als er kam, konnte er nur noch den Tod feststellen. Damit hatte ich nicht gerechnet. Von seinen letzten Arztbesuchen erfuhr ich erst später. Gott ließ mich wissen, dass er ihn heimgeholt habe für einen Neuanfang in der Ewigkeit. Der liebevolle Abschied sollte mich über den Verlust trösten.

Viele Jahre früher in meiner Kindheit erlebte ich ein letztes Mal, das ich erst Jahre später als solches zur Kenntnis nehmen musste. Vertrieben aus der Heimat fuhren wir schon viele Tage eng zusammengedrängt in einem Güterzug. Endlich durften wir aussteigen, wurden in eine Fabrikhalle geführt und bekamen jeder einen Teller Suppe. Danach ging es wieder zurück zum Bahnhof. Diesmal durften wir in einen Personenzug einsteigen. Im Abteil angekommen, vermisste ich meine geliebten Großeltern. Meine Mutter tröstete mich, sie seien ganz sicher in einem anderen Abteil. Doch als wir endlich wieder aussteigen durften, fanden wir sie nicht. Erst viele Jahre später erfuhr ich, sie waren krank in ein Flüchtlingslager gebracht worden und dort gestorben.

Das letzte Mal sah ich sie also in dem Güterwagon, eingequetscht zwischen vielen Menschen und Gepäckstücken. Doch auch von ihnen weiss ich, sie leben in der Herrlichkeit Gottes. Sie waren es ja, die mich lehrten, meinen Heiland zu lieben.

Was gibt es Schöneres als die Gewissheit, nach dem irdischen Leben endgültig ins Reich Gottes umziehen zu dürfen, wo Jesus Christus als König herrscht. Das gilt besonders für meine Großeltern, die sich für ihren Lebensabend ganz sicher keinen neuen Krieg mit so schrecklichem Ende vorgestellt haben.

Von Tod und Sterben zu sprechen wird oft vermieden. Es heißt dann, er oder sie habe das Zeitliche gesegnet. Doch was sagen wir damit wirklich? Das Zeitliche ist das Leben auf dieser Erde, das die Verstorbenen beendet haben. Segen beziehen wir auf Gott und wünschen bei besonderen Anlässen Gottes Segen. Wenn der Sterbende das Zeitliche segnet, kann dies nur bedeuten, dass er sein Ziel erreicht hat und den Hinterbliebenen Gottes Zuwendung wünscht. Auf sein irdisches Leben hat er keinen Einfluss mehr. Von meinen Großeltern und auch von meinem Mann kann ich zu Recht sagen: Sie haben das Zeitliche gesegnet.

NOTWENDIGE VERÄNDERUNG

Am Anfang war alles sehr gut.
Das kann man jetzt nicht mehr sagen.
Es hilft nichts, dies zu beklagen,
es braucht vielmehr Handlungsmut.

Es gilt für alle die Umkehr.
Jeder muss ein ganzes Stück
auf dem eigenen Weg zurück,
erkennen, was und wer ist wer.

AUSKLANG

Das Kirchenjahr beginnt mit der Adventszeit. Das bedeutet, wir erwarten die Geburt des Sohnes Gottes. Geschmückt werden Wohnungen, Häuser, Straßen und Plätze. Es wird fröhlich gefeiert. Zu Weihnachten wird das Kind geboren. Freude für die ganze Welt. Friede auf Erden! Wer wünscht sich das nicht. „Drei Heilige Könige" sind einem Stern gefolgt und kommen zu Besuch.

Diese Geburt geschah vor mehr als zweitausend Jahren. Die Sternkonjunktion gab es, doch Könige huldigten dem Kind nicht. Es musste vielmehr mit seinen Eltern fliehen, weil ein König seine Herrschaft in Gefahr sah und es deshalb töten wollte. Herangewachsen zu einem jungen Mann wurde es dann wieder verfolgt, von der Obrigkeit gehasst, verleumdet und gekreuzigt. Der Gedenktag ist Karfreitag.

Wir haben die ganze Menschheitsgeschichte in ein Jahr gepackt, um uns angeblich an alle wichtigen

Ereignisse zu erinnern. Doch was bedeuten sie uns? Wir wünschen einander eine besinnliche Adventszeit, fröhliche Weihnachten, ein glückliches neues Kalenderjahr, später frohe Ostern. Mit dem Gedenken an alle Verstorbenen endet das Kirchenjahr, um gleich darauf wieder mit Advent zu beginnen.

Am Anfang war das Wort, die Prophezeiung, der Hinweis auf die Zukunft der Welt, ein weiter Weg, gefährlich und unbequem. Doch in die Finsternis kam ein Licht. Der Morgenstern erschien. Gottes Wort wurde Fleisch, von den Menschen verworfen, doch von Gott zum Grundstein seines Tempels gemacht. Durch diese Wendung bekam der Lebenskreis den Dreh zur Unendlichkeit.

Advent ist auch heute Zeit der Erwartung, doch nicht auf die Geburt eines Kindes. Das Königskind aus Davids Stamm, geboren von der Jungfrau Maria, Nachfahrin des Davidssohns Nathan, einem Bruder des Königs Salomo, wurde vor zweitausend Jahren von den Menschen, denen er Gottes Liebe bezeugte, hingerichtet. Als Gottes Sohn aber tat er, wozu er gekommen war. Er besiegte Tod und Teufel, erschien seinen Freunden als Auferstandener und kündete an, er werde am Ende der Zeiten wiederkommen, um endgültig die Herrschaft zu übernehmen. Seine Heimkehr in die Ewigkeit nennen wir Christi Himmelfahrt und feiern kurz danach zu Pfingsten den Heiligen Geist. Doch wir haben vergessen, warum wir dies Jahr für Jahr wiederholen. Gott öffnete damals seine Tür für alle, doch nur wenige benutzen sie.

Noch brennt das Feuer seiner Liebe hell,
noch sprudelt des Lebenswassers Quell.
Es gilt die Einladung der offenen Tür
zur Ewigkeit auch heute noch dir.

Bisher erschienen im BoD-Verlag von Brigitte Welters

2024 <u>Ich und Du – Gut oder Böse?</u> (ISBN: 978-3-7597-8779-8)

Am Anfang war alles sehr gut, doch schon bald stellte sich heraus, das Trachten des Menschen ist böse von Jugend an. Gut und Böse sind Gegensätze wie Licht und Finsternis. So wie das Licht die Finsternis vertreibt, sollte das Gute das Böse überwinden.

2024 <u>Menschensohn – oder Gott?</u> (ISBN: 978-3-7597-4875-1)

Was ist der Mensch, wer ist Gott – und der Menschensohn? Das Wort bekam durch eine Vision des Propheten Daniel eine mythische Bedeutung. Im Neuen Testament übernahm Jesus diesen Titel. Die Offenbarung des Johannes bezeichnet den Weltenrichter so. Ist Menschensohn also ein anderes Wort für Gott?

2023 <u>Wenn der Hahn ... - Alltagslyrik im Höhenflug</u> (ISBN: 978-3-7583-1398-1)

Die Autorin schrieb ihre Gedanken nicht nur in Prosa auf, auch unzählige Gedichte entstanden im Laufe der Zeit. Einige wurden in die Bücher eingestreut. Nun werden hier weitere in buntem Durcheinander der Öffentlichkeit zugänglich gemacht.

2023 <u>Suche nach den Wurzeln</u> (ISBN: 978-3-7578-4509-4)
  Ron wird von der Jugendsünde mit seiner ersten Liebe eingeholt und eine Großfamilie findet zusammen. Die Wurzel des Lebens ist Erkenntnis. Alle Menschen sind verschieden mit unterschiedlichen Fähigkeiten, aber alle sind gleichwertig.

2023 <u>NA DAL JA - In der Ferne bin ich</u> (ISBN: 978-3-7578-0326-1)
  Ein Traum erinnerte die Autorin an eigene Erfahrungen mit Ferne, Fremde und Heimweh.
  Viele Menschen sind auch unterwegs, weil das Fernweh ruft. Der Urlaub wird weit weg in fremden Ländern verbracht. Daran dachte Brigitte Welters ebenfalls und schrieb über ihre Reiseerlebnisse in Florida, Leningrad, Namibia ...

2022 <u>Mütter vieler Völker - Ohne Frauen geht nichts</u> (ISBN: 978-3-7568-3225-5)
  Hier geht es um die Entstehung der Völker und Gottes Liebe. Grundlage der Schöpfung ist die Mathematik. Der Mensch als Teil der Natur ist Gott ähnlich durch Sprache, Verstand und Freiheit. Die Herrschaft des Mannes ohne Beteiligung von Frauen ist nicht von Gott gewollt. Ohne Frauen geht nichts.

2022 <u>Maria und das Einhorn - Begegnung im Jenseits - ein religiöses Märchen aus christlicher Sicht</u> (ISBN: 978-3-7543-7387-3)

Maria war ein jüdisches Mädchen, das vor mehr als 2000 Jahren lebte. Sie wurde von Gott auserwählt, seinen Sohn zu gebären, in dem er selbst Mensch wurde. Das Einhorn ist ein Geistwesen und galt in der mittelalterlichen Kirche als Symbol der Keuschheit. Es begegnet Maria im Himmel.